DES RUPTURES

DE

LA VERGE

PAR

P. CAMI-DEBAT

Docteur en médecine de la Faculté de Paris.

PARIS

A. DELAHAYE et E. LECROSNIER, ÉDITEURS

PLACE DE L'ÉCOLE-DE-MÉDECINE

1885

RUPTURES DE LA VERGE

DES RUPTURES

DE

LA VERGE

PAR

P. CAMI-DEBAT

Docteur en médecine de la Faculté de Paris.

PARIS

A. DELAHAYE et E. LECROSNIER, ÉDITEURS

PLACE DE L'ÉCOLE-DE-MÉDECINE

—

1885

A MES PARENTS BIEN-AIMÉS

A MES AMIS

Cami-Debat

DES

RUPTURES DE LA VERGE

INTRODUCTION.

Il nous a été donné de voir évoluer dans ces derniers mois, à l'Hôtel-Dieu de Laon, où nous remplissions les fonctions d'interne, une lésion des corps caverneux engendrée par une fausse manœuvre au moment du coït.

Frappé par la singularité du cas, nous avons pensé que nous pourrions en faire le sujet d'un travail inaugural. Dans ce but, nous avons suivi avec beaucoup de soin la marche clinique du traumatisme, nous appliquant à consigner jour par jour les moindres accidents morbides.

Nous avouerons pourtant que cette question spéciale ne présentait pour nous, au début, qu'un attrait médiocre.

En effet, une sorte de défaveur semble s'attacher aux sujets de cette nature, et on fait vraiment preuve de courage scientifique en se dévouant à leur description.

Au milieu de nos hésitations, une circonstance des plus heureuses nous a pour ainsi dire forcé la main. Un homme, qui avait éprouvé, en 1866, un accident à peu près analogue, est venu s'offrir à notre examen, et son cas n'ayant pas eu de publicité, nous avons recueilli le récit, plein de précision, qu'il a bien voulu nous faire.

Les recherches bibliographiques auxquelles nous nous sommes livré ont été des plus laborieuses, et elles n'ont abouti qu'à la découverte de huit observations roulant sur ce sujet. Mais de ce que notre récolte n'a pas été riche, il ne faudrait pas se hâter de conclure à l'extrême rareté de l'accident. Il ressort, en effet, de la lecture des cas publiés, que la rupture du pénis se produit souvent avec une extrême facilité, même chez des sujets jeunes, vigoureux et bien constitués.

Nous serions tenté, pour notre part, d'attribuer cette pénurie d'observations, soit à la fausse interprétation des symptômes, soit à la honte qui empêche souvent les victimes de se soumettre à un examen médical.

Nous croyons donc faire œuvre utile, en ne dédaignant pas de contribuer, pour notre modeste part, à édifier le public sur une lésion devant laquelle tout médecin peut être appelé et dont la gravité peut devenir exceptionnelle.

Nous nous trouverons amplement dédommagé de l'effort qu'a exigé ce petit essai, si nous avons su convaincre nos lecteurs du danger auquel les expose un défaut de précaution dans l'acte vénérien, et aussi de la nécessité, dans certains cas, d'une intervention active destinée à prévenir des complications formidables pouvant entraîner la mort de la victime ou la perte d'une fonction de premier ordre. Nul n'ignore le retentissement considérable qu'ont sur les centres cérébraux les lésions de l'organe viril. Que de suicides restés inexpliqués ont eu pour cause déterminante l'abolition prématurée de la puissance génitale. « Les personnes qui ont perdu la verge, dit Richerand, nourrissent, pendant le traitement et après la guérison de la plaie, une mélancolie qui les dispose éminemment aux fièvres de mauvais caractère. Elles ne recouvrent jamais leur hilarité; rien ne peut adoucir l'amertume de leurs regrets. Cette observation m'a d'autant plus frappé que je l'ai faite sur des vieillards, pour qui la partie enlevée était depuis longtemps inutile. »

On est en droit de s'étonner que l'histoire de cette lésion commence si près de nous.

C'est en vain qu'on chercherait des documents touchant la matière, dans les auteurs anciens. Ambroise Paré n'y fait allusion que pour annoncer qu'il s'abstiendrait d'en parler. Il faut arriver à la dernière moitié de notre siècle, pour voir enfin se soulever un coin du voile qui nous dérobe cette humaine misère. Le signal est parti de l'Amérique, cette patrie du réalisme, et c'est de là que nous sont venues les premières observations. Dans les livres classiques récents, les ruptures de la verge sont l'objet d'une mention fort succincte, quand elles ne sont pas absolument passées sous silence. Enfin Demarquay, dans son beau livre sur les maladies chirurgicales du pénis, est venu en partie combler la lacune, en réunissant les rares observations éparses dans les publications périodiques et en exposant les résultats de sa longue et savante pratique.

Le mot *fracture* a été parfois appliqué à cette solution de continuité des corps caverneux ; mais mais c'est là un véritable abus de langage. Ce terme implique, en effet, l'idée de la présence d'un corps solide, d'un os ; et nous savons que c'est seulement, sous l'influence d'un état pathologique fort rare, que le pénis humain renferme des éléments osseux (1). Sur les conseils du savant professeur Lannelongue, nous avons préféré adopter l'appellation beaucoup plus rationnelle de *rupture*.

Nous ne terminerons pas cet avant-propos sans offrir à M. le Dr Blanquinque, notre chef de service, un hommage éclatant de notre reconnaissance, pour la sage direction qu'il a su imprimer à nos études, durant les deux années de notre internat.

(1) La science ne possède que deux exemples parfaitement authentiques de cette altération.

CHAPITRE PREMIER.

Avant de pénétrer dans le fond même du sujet, nous ne croyons pas inutile de donner un aperçu succinct de l'anatomie de l'organe pénien. Le mécanisme des ruptures paraîtrait obscur et nos démonstrations cliniques perdraient toute valeur, si nous ne les appuyions sur ces données fondamentales. La question de l'érection trouvera également ici sa place naturelle, et nous esquisserons en traits rapides l'état de la science sur ce point jadis si controversé. — Les deux sources principales où nous avons puisé ces précieux renseignements sont les articles Pénis et Erectiles (appareils et mouvements) si savamment exposés, dans le dictionnaire de médecine et de chirurgie pratiques, par G. Voelker et Eugène Bœckel.

Le pénis, organe cylindroïde, érectile, contenant dans son épaisseur le canal de l'urèthre, est l'organe de la copulation. La peau qui le recouvre se continue, d'une part, avec la peau de la région pubienne et, d'autre part, avec le scrotum. De la profondeur du périnée, émergent : le canal de l'urèthre sur la ligne médiane et les corps caverneux sur les deux côtés. Ces derniers, effilés et conoïdes à leur origine, adhèrent à chaque branche ischio-pubienne, à la manière d'un tendon; ils convergent l'un vers l'autre en se dirigeant en haut, en avant et en dedans, et finissent par s'accoler pour constituer un cylindre. L'état d'érection ou de flaccidité communique à l'organe un aspect et une direction différents, et la partie qui devient libre est fixée à la symphyse pubienne par un ligament puissant, le *ligament suspenseur* de la verge. C'est ce point d'émergence qu'on désigne sous le nom de *racine du pénis*; à la racine fait suite la portion libre ou *corps*, qui se termine par une extrémité renflée, le *gland*.

Aux corps caverneux et à la portion spongieuse de l'urèthre sont annexés des muscles, des enveloppes, des vaisseaux et des nerfs.

A. — *Corps caverneux.*

Ces organes, après leur juxtaposition, sont recouverts par une membrane commune de nature élastique; en outre une cloison médiane et incomplète les sépare; sur leur face inférieure est creusée une gouttière destinée à loger le canal de l'urèthre. Chacun des corps caverneux est recouvert à son origine par un muscle propre, le muscle ischiocaverneux, et au niveau de la symphyse par la languette terminale du bulbo-caverneux.

De la face interne de l'enveloppe fibro-élastique se détache une quantité de trabécules, qui, entrecroisées dans tous les sens, circonscrivent des espaces aréolaires communiquant entre eux, c'est le *tissu caverneux* proprement dit, type du *tissu érectile*. Les aréoles, qui ont un millimètre de·diamètre environ au centre de chaque corps caverneux, sont un peu plus petites vers sa circonférence. Les parois qui les constituent sont formées de fibres conjonctives, de fibres élastiques et de fibres musculaires lisses ; leur surface interne est tapissée par une membrane mince, transparente, de nature épithéliale, identique avec celle des vaisseaux capillaires.

Une des branches terminales de la honteuse interne pénètre dans chaque corps caverneux ; c'est l'artère caverneuse qui se divise à l'infini dans son épaisseur et s'anastomose avec sa congénère, en perforant la cloison médiane.

Les ramuscules veineux proprement dits prennent naissance au niveau des aréoles les plus superficielles, y forment des rameaux qui émergent par les divers points de la circonférence de l'enveloppe fibreuse, et viennent aboutir à un tronc unique, la *veine dorsale profonde*, qui chemine dans le sillon médian antérieur des corps caverneux entre les deux artères dorsales et va se jeter dans le plexus de Santorini.

Les corps caverneux sont innervés par des filets venus soit du plexus caverneux, émanation du plexus hypogastrique, soit des nerfs dorsaux de la verge, branches du nerf honteux interne.

B. — *Urèthre.*

L'urèthre prend part à la constitution de la verge par la portion spongieuse. Ce conduit, formé par les tuniques muqueuse et musculeuse, est entouré par une gaine érectile, qui se renfle en arrière pour former le *bulbe* et en avant pour former le *gland* ; cette gaine érectile porte le nom de *corps spongieux* de l'urèthre. Sa structure ne présentant avec celle du corps caverneux que de légères différences, nous n'insisterons pas sur sa description.

C. — *Enveloppes.*

On en admet généralement trois : 1° une enveloppe immédiate de nature élastique, sorte de lien commun des trois parties constituantes essentielles; 2° une couche cutanée, à laquelle on donne quelquefois le nom de *fourreau* de la verge ; 2° une couche intermédiaire, un *fascia-celluleux*, qui permet le glissement facile de la peau.

L'enveloppe élastique, *fascia pénis*, *gaine fibreuse propre* de la verge, est essentiellement constituée par des fibres conjonctives et élastiques, réunies en faisceaux et fascicules qui s'entrecroisent dans tous les sens, en formant une sorte d'étui dense et résis-

tant, de couleur blanc opaque et d'une épaisseur de
deux millimètres environ. Cette enveloppe est destinée à maintenir la forme de l'organe, et sa résistance est telle, qu'elle peut supporter sans se rompre tout le poids du corps. Néanmoins cette
résistance diminue considérablement lorsque la
verge entre en érection ; on verra dans la suite qu'il
a suffi parfois du ploiement brusque de l'organe
pour déterminer cette rupture. On sait qu'entre les
deux moitiés du corps caverneux devenu unique,
existe une mince cloison composée de faisceaux
conjonctifs, au milieu desquels des intervalles nombreux sont ménagés qui assurent la libre communication.

La couche cutanée présente les mêmes caractères que la peau de la région pubienne et le scrotum avec lesquels elle se continue. Elle est glabre,
mince et très mobile.

La couche intermédiaire est une lame de tissu
conjonctif, lâche, dépourvue de graisse, dans laquelle rampent les vaisseaux et nerfs émanés des
parties sus-jacentes. Elle se continue avec le fascia
de la région pubienne et du scrotum, ce qui rend
compte de l'extrême rapidité avec laquelle se produit l'épanchement sanguin et urineux sous le scrotum et sous la peau de l'abdomen, dans les cas de
rupture du pénis notamment.

Les *vaisseaux* et les *nerfs* des enveloppes du pénis
offrent peu d'importance. Les artères proviennent
soit des honteuses externes, soit des branches péri-

néales inférieure et dorsale de la honteuse interne.
Les veines aboutissent généralement à deux troncs
principaux et parallèles, qui suivent la face dorsale
de l'organe, dans l'épaisseur du fascia celluleux, et
vont aboutir à la saphène interne, constituant ainsi
un système veineux superficiel indépendant de la
veine dorsale profonde. Les vaisseaux lymphatiques
suivent le trajet des veines dorsales superficielles et
se rendent aux ganglions inguinaux. Enfin, les
nerfs tirent leur origine soit de la branche génito-
crurale du plexus lombaire, soit de la branche périnéale superficielle du honteux interne.

Le véritable rôle du pénis se rapporte à la fonction
de génération. Cet organe acquiert, dans l'état d'érection, les conditions de rigidité et de sensibilité spéciale, indispensables pour l'accomplissement du coït.
Mais par quel mécanisme, le sang qui traverse d'ordinaire, sans les distendre, les aréoles du corps caverneux, s'y accumule-t-il d'autres fois en quantité suffisante pour amener la turgescence et la
rigidité qui constituent l'érection? L'érection paraît
due à une dilatation active des artères afférentes,
sous l'influence d'une excitation réflexe de la moelle.
Mais cet apport exagéré de sang ne produit que la
turgescence des corps caverneux et ne suffit pas à
expliquer leur rigidité. Or, il paraît résulter des

expériences cadavériques pratiquées par Eugène Bœckel, qu'il existe dans les corps caverneux un *mécanisme autoclave*, en vertu duquel les veines efférentes se fermeraient au moment d'un afflux subit de liquide, et que ce mécanisme serait indépendant d'un acte de contractilité vitale. Cet expérimentateur a reconnu en outre que les corps caverneux sont susceptibles de devenir le siège d'une érection, indépendamment du gland et du corps spongieux. En effet, à moins d'une excitation vénérienne très forte, les érections sont simplement caverneuses au début, et, comme ces appareils ne sont doués que d'une sensibilité très obtuse, il n'en résulte pas d'abord de sensation voluptueuse.

Ce n'est que pendant les premières tentatives de copulation que le gland se distend, et alors survient l'orgasme vénérien.

La plupart des érections pathologiques restent bornées aux corps caverneux ; malgré leur longue durée, elles sont plutôt pénibles que voluptueuses, et, loin de solliciter le malade aux actes vénériens, elles lui font désirer l'intervention de la médecine pour les faire cesser. Ni le corps spongieux de l'urèthre, ni le gland ne paraissent pourvus d'un appareil autoclave. L'érection se fait dans ces organes par simple afflux de sang, et ce sont les contractions répétées du muscle bulbo-caverneux qui, en maintenant le sang dans ces organes, amènent la compression des nerfs du gland. Cette compression nerveuse détermine à son tour l'orgasme voluptueux et ultérieurement l'éjaculation par action réflexe sur les vésicules séminales. On conçoit facilement que si les veines du gland jouissaient d'une fermeture autoclave, la tension y serait complète et permanente dès le début de l'érection et l'éjaculation se produirait d'une façon prématurée.

En résumé, voici comment il faut comprendre, d'après Eugène Bœckel, l'acte compliqué de l'érection chez l'homme :

Une sensation visuelle et tactile, un rêve ou un simple souvenir provoque un premier acte réflexe, qui dilate les artères des appareils érectiles.

Le sang déversé brusquement dans ces parties est arrêté dans les corps caverneux par la fermeture autoclave de leurs veines ; il distend leur membrane albuginée jusqu'à la résistance complète ; la contraction des muscles trabéculaires soutient cette membrane et augmente la raideur générale de l'organe.

En même temps, le sang est versé en abondance dans le gland ; mais, comme il s'en échappe sans obstacle, il n'y provoque qu'une simple turgescence et un vague désir de volupté.

Bientôt les frottements répétés du gland appellent, par un nouvel acte réflexe, les contractions du muscle ischio et bulbo-caverneux. Les veines efférentes de ces parties sont comprimées en même temps que le sang est refoulé d'arrière en avant. L'érection du gland est complète, l'orgasme véné-

rien à son apogée, et un troisième acte réflexe,
portant sur les vésicules séminales, provoque l'éjaculation. Alors les artères se resserrent et le sang
accumulé dans les organes érectiles s'écoule par les
voies normales.

CHAPITRE II.

ÉTIOLOGIE.

Nous avons vu à quelle extrême minceur est réduite l'enveloppe fibreuse du pénis, lorsqu'elle a acquis son maximum de tension, par suite de la complète réplétion des corps caverneux. C'est à ce moment de l'érection arrivée à son apogée, et alors seulement, que la verge peut être facilement rompue.

Causes prédisposantes.—L'âge a-t-il une influence quelconque sur la production des ruptures du pénis? Cette question n'est pas dépourvue d'intérêt, mais nous manquons d'éléments suffisants pour la trancher. Toutefois, si l'on songe à la tendance fatale que possèdent un grand nombre de nos tissus à s'infiltrer d'éléments calcaires à mesure qu'on vieillit, on conclura que la friabilité du pénis augmente en raison directe de l'âge. Et si l'on objecte que le plus grand nombre de cas de ruptures sont relevés parmi des jeunes gens, on pourra répondre que, de même que les fractures osseuses sont plus rares chez les femmes parce qu'elles sont moins exposées par la nature de leurs occupations, de même chez les hommes mûrs la rareté de l'accident

ést facilement expliquée par l'éloignement du danger et par les sages précautions qu'ils puisent dans
leur vieille expérience.

Si l'influence de l'âge peut être révoqué en doute,
il n'en est assurément pas de même des lésions vé-
nériennes et syphilitiques qui ont laissé leur trace
sur le pénis ; celles-ci créent une prédisposition manifeste et des traumatismes souvent légers suffiront
à produire des lésions graves, tant du côté des
corps caverneux que du côté de l'urèthre.

Demarquay a soigné à la Maison municipale un
malade qui s'était rompu le canal de l'urèthre en se
livrant au coït, tandis qu'il avait une chaudepisse
cordée. Frank parle d'un homme de 48 ans qui,
malgré une blennorrhagie chronique, se livrait à
tous les excès vénériens ; tout à coup, dans un coït,
il survint une hémorrhagie si violente qu'il tomba
en syncope ; il y avait eu déchirure de l'urèthre et
probablement aussi des corps caverneux.

La liste des causes prédisposantes serait incomplète si nous ne mentionnions une altération im-
portante des corps caverneux, sur laquelle l'illustre
Boyer a le premier attiré l'attention par les lignes
suivantes : « Il se forme quelquefois, dans les corps
caverneux, des tumeurs ou duretés multiples et
disposées chez quelques individus en forme de cha-
pelet, solitaires chez d'autres, occupant les deux
corps caverneux ou se bornant à un seul. Elles sont
situées quelquefois à l'endroit où les racines du
corps caverneux vont se réunir vers le pubis pour

former la verge ; mais plus ordinairement, elles occupent un point intermédiaire entre la racine de la verge et le gland. Cette maladie, qui n'est pas rare chez les hommes d'un âge avancé, surtout parmi ceux qui se sont trop abandonnés à la vivacité de leur tempérament, est le plus souvent la suite de la maladie vénérienne. »

Demarquay et Parmentier refusent une origine vénérienne à ces tumeurs ; ils les attribuent à un petit épanchement sanguin résultant de la rupture d'une des mailles du corps caverneux, ou à l'éraillement de la tunique fibreuse de la verge, lorsque ces tumeurs sont superficielles. Tel est aussi l'avis de Ricord qui en a vu un certain nombre ; mais cet auteur ajoute que, dans certains cas, elles peuvent également être le résultat d'une syphilis constitutionnelle. Kirbey leur attribue une origine goutteuse. Quoi qu'il en soit de leur étiologie, on comprend facilement que ces tumeurs constituent un *locus minoris resistentiæ* et qu'elles prêtent un concours des plus effectifs à la genèse des ruptures péniennes. En effet, ces plaques dures, ces noyaux calcaires que présente la coque fibreuse, sans nuire à la propriété érectile des corps caverneux les rendent plus cassants.

Souplesse diminuée, rigidité plus grande, autant de conditions éminemment favorables à la producde la rupture.

Causes déterminantes. — Il résulte des observations présentées plus loin que la cause la plus fréquente des ruptures de la verge réside dans le coït lui-même. Dans le cas de Parker, cet accident s'est produit à la suite d'un effort énergique et soutenu destiné à vaincre un obstacle insurmontable à l'accomplissement de l'acte. Chez les deux sujets que nous avons observés, c'est le heurt violent de l'extrémité pénienne contre les fesses de la femme qui a déterminé la lésion. Dans l'observation de M. Huguier, c'est au milieu du coït que la rupture s'est produite ; l'homme se trouvant dans le décubitus dorsal et la femme appuyant de tout le poids de son corps sur l'organe, il a suffi d'une fausse manœuvre pour amener ce résultat.

Il est évident du reste que la rupture est possible en dehors du coït, pourvu toutefois que la verge soit en pleine érection ; cette dernière condition etant indispensable. La science possède quelques rares exemples de ruptures produites par ce mécanisme, notamment les deux observations intéressantes de Valentine Mott, que nous reproduisons à la fin du présent chapitre.

Ainsi donc, choc ou pression violente de la part du blessé ou d'une autre personne, chute d'un corps, ploiement brusque de l'organe pour lui imprimer un changement de position, toute cette série de causes peuvent amener les mêmes effets. Il en est de même de la torsion brutale du pénis ; mais nous ferons remarquer que cette dernière cause est la plus rare et qu'elle donne lieu à des désordres d'une gravité exceptionnelle. Demarquay dit, en effet, avoir vu dans le service de Blandin un jeune homme mourir d'une gangrène du pénis pour avoir eu la verge tordue *pendant l'érection*. Il se produisit dans ce cas une rupture fibreuse en même temps que vasculaire et la circulation fut interrompue dans l'intérieur de l'*organe*.

Observation I.

A. B... Un jeune homme vivant à Berger (Nouvelle-Jersey), s'étant marié depuis peu, laissa sa femme, peu de jours après cette cérémonie, aller visiter ses parents qui se trouvaient à quelques milles de là, où elle fut transportée la nuit. Le nouveau marié, en se levant le matin, trouva son pénis distendu outre mesure. Dans sa précipitation à s'habiller, n'étant pas très calme avec cet état de choses, et ne donnant pas un temps raisonnable au pénis pour revenir à son état normal, il heurta violemment, par mégarde, un des montants du lit.

Au même instant, il entendit le bruit de quelque chose qui cassait, et il survint immédiatement un état de mollesse extrême du membre.

Après avoir percuté le bois du lit qui donnait un son différent, il en conclut que le bruit était dû à une fracture de son membre. Il en informa aussitôt sa famille, en déclarant qu'il s'était fracturé le pénis; à la suite de la blessure, une extravasation considérable de sang se produisit dans la verge, lui donnant une coloration noire sombre et un volume deux ou trois fois plus grand qu'à l'état normal. Ce cortège effrayant de symptômes frappa l'esprit du malade et de ses amis. Les secours de l'art furent aussitôt réclamés, et, vu la nouveauté du cas, le bruit de l'accident se répandit vite dans la ville. En apprenant l'accident dont son mari venait d'être la victime, la nouvelle mariée s'écria ingénûment que cela ne serait certainement pas arrivé si elle était restée chez elle. La tuméfaction de l'organe continua pendant plus de vingt-quatre heures; le prépuce vint recouvrir le gland, comme dans le cas d'infiltration séreuse ou d'érysipèle de ces parties. On enjoignit au malade de garder le repos absolu dans le décubitus dorsal.

Un traitement général antiphlogistique fut institué. Le pénis fut relevé au-dessus du pubis, et des lotions froides furent constamment appliquées. Grâce à ces moyens, le sang extravasé ne tarda pas à se résorber et au bout de quelque temps la guérison complète était obtenue, avec conservation de l'aptitude au coït (1).

Observation II.

B. C. Un jeune médecin de 35 ans, non marié, vint me consulter le 13 mars 1848. Il me fit, plein de terreur, l'histoire du cas qui suit. En se levant un jour, il trouva son pénis dans un complet état d'érection; s'habillant à la hâte, il appliqua la main sur le côté gauche de son membre et le poussa vigoureusement dans ses caleçons. A ce moment, il entendit un craquement et éprouva la sensation d'une déchirure profonde. Un gonflement énorme se manifesta aussitôt dans le pénis, qui doubla de volume, sans présenter la rigidité qui caractérise l'érection. Sa première pensée fut qu'il avait fracturé son membre, une douleur poignante existant dans ce point. Je le vis peu de temps après et je constatai que le volume de l'organe avait triplé; il était mou et de

(1) Valentine Mott. (Recueil de l'Académie de médecine de New-York. — Dublin médical press, 1851, vol. 26.)

couleur rouge sombre. Le sang extravasé atteignait le bout du prépuce. Dès qu'on essayait de porter la verge à droite, le malade éprouvait une vive douleur dans un point du corps caverneux gauche, situé à environ à un demi-pouce (anglais) du scrotum.

Les déclarations du malade et le triste aspect de l'organe ne permettaient pas de douter de la fracture du corps caverneux gauche. J'avisai au docteur de garder le repos dans la position couchée, de relever le pénis au-dessus du pubis et d'user de frictions d'eau-de-vie camphrée.

Dans la soirée, le membre avait grossi démesurément; la région du pubis était très tuméfiée et le gonflement avait même envahi le côté gauche du scrotum. Il était question maintenant de sangsues. Mais, craignant que leur application ne déterminât une inflammation érysipélateuse, j'avisai au moyen suivant: Une vessie, partiellement remplie de glace brisée, serait maintenue appliquée sur les parties affectées, la nuit durant, le pénis étant relevé au-dessus de l'abdomen. Le but poursuivi était d'amener la résorption du sang, et de s'opposer à l'érection qui eût augmenté l'extravasation sanguine.

Une érection partielle se produisit cependant durant la nuit; celle-ci détermina une douleur très vive au niveau de la partie lésée, mais le malade en eut vite raison en renouvelant la glace. Le lendemain, la tuméfaction du pénis diminua sensiblement, mais l'ecchymose s'était étendue jusqu'au scrotum. Le malade voulut persévérer dans le même traitement. Les jours suivants, la couleur des parties atteintes était encore devenue plus sombre. Les téguments du pénis commençaient à prendre une teinte livide et le doigt promené sur le côté gauche de l'organe, ne parvenait pas à découvrir le siège de la lésion.

Le jeune médecin se trouva bientôt en état de supporter la voiture et de continuer ses visites. Il avait la précaution de maintenir le pénis relevé et il l'humectait de temps à autre avec un linge imbibé d'alcool camphré. L'inflammation diminuait de jour en jour au point qu'elle avait à peu près complètement disparu à la date du 10 mai ; seule la teinte ecchymotique persistait, sur le scrotum principalement. Le malade déclare qu'une violente douleur accompagne l'érection, et que le pénis s'est incurvé du côté gauche. Sur une longueur d'un pouce anglais, il s'était produit un épaississement considérable du corps caverneux; cet épaississement était sensible au toucher comme à la vue, et il présentait quelque analogie avec un tendon d'Achille qui aurait été coupé.

Le 5 juin. Le jeune médecin m'informe qu'il ne ressent plus aucune douleur et que l'extravasation ne laisse plus de traces ; la courbure et la rigidité se sont atténuées. En un mot cet organe paraît être complètement revenu à sa condition normale (1).

____

(1) Valentine Mott (loc. cit.).

CHAPITRE III.

SYMPTÔMES.

Les symptômes sont variables suivant que la rupture est complète ou incomplète, suivant qu'elle occupe un seul ou les deux corps caverneux.

La *rupture incomplète*, simple éraillure de l'enveloppe fibreuse, n'est parfois suivie d'aucun phénomène appréciable. Mais, dans la plupart des cas, le blessé est averti de l'accident par un craquement sec, qui se produit dans l'épaisseur de la verge. La douleur est insignifiante; elle se trouve, pour ainsi dire, masquée par la sensation voluptueuse qui accompagne le coït.

L'extravasation sanguine est légère, et l'ecchymose qui reste limitée, quand elle existe, se comporte comme d'habitude, donnant à la peau une teinté rouge foncé, qui passe ensuite au bleu, au vert et au jaune, avant de disparaître. Le repos de l'organe, gardé pendant une quinzaine de jours, suffit souvent pour tout faire rentrer dans l'ordre; mais il subsiste un point induré, une nodosité, que le blessé ne remarque pas toujours.

Exceptionnellement, il se forme de véritables tumeurs hématiques enkystées, des sortes d'anévrysmes circonscrits qui peuvent devenir une gêne pour le fonctionnement ultérieur du membre. Bien qu'il n'existe pas de pulsations dans ces tumeurs, on s'exposerait à de graves mécomptes en les incisant. (Albinus, Boyer.)

Si avant la formation du cal qui obvie à ces ruptures incomplètes, le blessé commet l'imprudence de se livrer au coït (comme dans le cas que nous avons observé), l'érection, jointe aux mouvements que nécessite l'acte vénérien, fait s'agrandir la solution de continuité. A une simple éraillure, succède alors une rupture complète avec le cortège des symptômes alarmants et avec les complications auxquelles on est exposé, si l'on se trouve privé des secours de l'art.

Une érection, survenant dans les cas de rupture incomplète, peut déterminer déjà un certain degré de flexion de la verge vers le côté atteint. Notre malade a observé sur lui cette particularité.

La rupture simultanée *des deux corps caverneux* a été rarement observée. Dans ce cas, la verge décrit une ligne brisée au point où siège la fracture, représentant ainsi une sorte de fléau, dont la branche mobile a plus ou moins de longueur, suivant le niveau de la solution de continuité. Les fonctions du membre sont gravement compromises, mais non pas toujours, comme le prouve l'opération hardie pratiquée par Baudens, pour remédier à une courbure exagérée du pénis, résultant de la blessure d'un seul corps caverneux. Le célèbre chirurgien imagina de produire sur le corps caverneux, resté indemne, une lésion semblable à celle dont son congénère était affecté pour les mettre « en harmonie d'action ». L'opération ayant réussi, le pénis recouvra l'aptitude au coït.

Nous aurons surtout en vue les ruptures unilatérales qui sont de beaucoup les plus communes, dans la description des symptômes ; et nous exposerons ces derniers, autant que possible, dans l'ordre de leur apparition.

Lorsqu'une rupture du corps caverneux se produit, le premier phénomène qui frappe le blessé, c'est la *douleur*. Elle est immédiate, plus ou moins vive, selon les individus et les circonstances ; elle est passagère en général, et son maximum d'intensité correspond au niveau de la rupture, où elle reste parfois localisée.

Cependant, elle peut envahir les parties voisines, influencer le grand sympathique, provoquer un spasme général et même donner lieu à une syncope passagère. La cause de ces troubles généraux réside évidemment, en grande partie, dans l'épouvante et l'anxiété qu'éprouve la victime d'un semblable accident.

Presque tous les blessés s'accordent à dire qu'ils ont parfaitement perçu, au moment du traumatisme, un *craquement sec*, assez violent, comparable au bruit engendré par la cassure d'une baguette de bois. Ce détail commémoratif est précieux, et il doit toujours faire soupçonner la rupture du corps caverneux, surtout si le canal de l'urèthre est resté indemne.

Une *extrême flaccidité* de la verge succède bien vite à son état d'érection, et le coït ne peut être mené à bonne fin.

Cependant, le *relâchement* du pénis n'est pas toujours tel qu'il s'oppose à l'éjaculation ; l'observation suivante en est la preuve.

OBSERVATION III.

Un homme mince, bien portant, âgé de 27 ans, sentit pendant le coït et juste avant l'orgasme vénérien, que quelque chose se relâchait dans son pénis. Le *sperme fut éjaculé* néanmoins, mais, il faut le dire, sans ardeur ni plaisir ; la verge se détentit aussitôt. Elle se décolora, tout en restant volumineuse et pendante.

Le blessé se promena une demi-heure environ, ne ressentant plus que peu de douleur, mais éprouvant un sentiment de lourdeur et de plénitude locale qui le surprenait fort.

C'est au bout de ce temps que j'examinai le malade : le pénis était distendu par du sang veineux, à la face dorsale et latérale, à gauche et autour du prépuce, le gonflement entourait toute la verge à sa base, aussi bien qu'au niveau du prépuce, et lui donnait un volume supérieur à celui de l'organe en pleine érection. Il n'y avait ni douleur, ni difficulté de miction. L'extravasation sanguine continua pendant une heure environ. Je pratiquai des incisions le long de la face dorsale du pénis ; l'hémorrhagie ne se renouvela point. J'instituai un traitement externe approprié. L'état local, aussi bien que général, alla s'améliorant, et au bout de deux mois, le malade, guéri, quittait mon service (1).

(1) Edward Jarvis. (American Journal of the med. Sciences, vol. IV, 1842.)

Il nous paraît plausible d'admettre que dans ce cas l'un des corps caverneux est resté sain et a continué d'imprimer à la verge un certain degré de rigidité. Mais c'est en outre par un prodigieux effort de sa volonté que le blessé arrive à consommer l'acte, et il s'expose ainsi à aggraver singulièrement sa situation.

L'*extravasation sanguine* qui aurait pu être relativement minime, acquiert vite des proportions effrayantes. Le sang infiltré sous le tissu cellulaire de la verge fait acquérir à cette dernière un volume deux ou trois fois plus grand qu'à l'état normal. Le prépuce se trouve souvent rabattu autour du gland comme dans les cas d'infiltrations séreuses ou urinaires. La verge pend alors flasque et molle entre les deux cuisses, ou reste dans un état de demiérection ; mais celle-ci est uniquement causée par la plénitude, par l'engorgement du tissu spongieux, et non par la continuation active de l'excitation physiologique (Demarquay).

Par contre, la plus grande partie du sang se trouve parfois accumulée à la racine de la verge, et celle-ci semble se perdre sous l'hypogastre comme dans le cas du Dr Fontan.

Observation IV.

E. L..., 48 ans, ancien militaire, affirme n'avoir jamais été atteint de blennorrhagie ni d'aucun accident syphilitique.

Dans la nuit du 14 au 15 janvier, étant à moitié endormi à côté de sa femme, se trouvant en érection, il appuie violemment sa main sur la face dorsale qui cède, et il ressent aussitôt une atroce douleur, bientôt suivie elle-même du retrait de l'organe. Cet homme saute de son lit épouvanté et s'assure d'abord qu'il peut uriner: il urine sans peine à plein canal, je ne dis pas sans souffrance, elle se rapportait à ce récent traumatisme, mais elle était presque étrangère au passage de l'urine dans l'urèthre. Pendant la miction, le malade éprouve une syncope causée moins par l'excès de la douleur, peut-être, que par l'épouvante. Il n'avait pas uriné une goutte de sang.

Quelques minutes après, il crut s'apercevoir que la verge *lui rentrait dans le ventre*; il remarquait qu'un gonflement se produisait en même temps à la racine de la verge, en avant de la région sous-pubienne.

Il me fit appeler; je le trouvai couché dans le décubitus dorsal. Le gonflement embrassait la verge à sa racine; moins prononcé à sa face dorsale qu'à sa face inférieure, il contournait le pubis, dans l'épaisseur d'un pouce, et l'y enchâssait.

De la racine de la verge, cette tuméfaction descendait dans les bourses et les soulevait à leur angle de réunion avec la face inférieure du pubis, de manière à figurer en ce point un troisième testicule. Le prépuce recouvrait entièrement le gland, la peau présentait à peine quelques changements de coloration; elle était pâle et offrait une teinte vineuse; la tuméfaction qui s'était produite à la racine de la verge, présentait déjà une certaine consistance.

Repos horizontal, compresses résolutives, tenir le scrotum et la verge relevés comme dans l'épididymite, régime doux, lavements laxatifs.

20 janvier. Il n'est rien survenu de fâcheux, le malade a bon appétit, il digère bien, dort mieux. Les selles sont régulières, les urines sortent facilement et presque sans douleur. Cependant, malgré la prescription de garder le lit, le malade s'est empressé de se lever le jour même de l'accident, de se promener le lendemain.

La tuméfaction du prépuce a pourtant diminué, toute la portion cutanée de la verge a pris une coloration noirâtre, uniforme, qui gagne les bourses et s'étend sur toute la portion postérieure et inférieure des enveloppes tégumentaires des testicules, jusqu'à leur moitié inférieure et antérieure à droite du raphé médian et jusqu'aux deux tiers antérieurs de leur portion périnéale.

C'est une ecchymose presque générale du tissu cellulaire sous-cutané du scrotum et de la verge. Dans celle-ci, l'ecchymose s'arrête net au point de jonction de la peau et du repli muqueux.

Le gland ne présente aucun changement de coloration. Pas la moindre inflammation consécutive, pas le plus petit abcès, aucune infiltration d'urine.

Le 30. Le malade ne souffre plus. La tuméfaction persiste plus dure et plus nettement circonscrite, elle embrasse toujours l'urèthre à sa racine. Elle devient douloureuse à la pression, et aussi au moment de l'érection et lors de l'éjaculation. Pendant l'érection, la douleur se limite avec plus de netteté ; elle se porte vers le côté latéral gauche de la verge, qui est devenue le siège d'une tumeur présentant la forme et la dureté d'un gros marron. Le malade déclare que le pénis n'atteint plus la même longueur au moment de l'érection.

3 février. La tumeur conserve sa forme, sa consistance et sa position, mais elle a diminué de volume ; quoique jouis-

sant d'une assez grande mobilité, on sent qu'elle adhère toujours à la face inférieure de la verge.

L'ecchymose du scrotum a disparu, celle du fourreau de la verge pas tout à fait (1).

En raison de la facile communication du pénis et des bourses à travers le tissu cellulaire, le sang peut s'infiltrer ensuite en quantité plus ou moins considérable sous le scrotum, de façon à déterminer une grosse tumeur molle, qui prend plus tard de la consistance en diminuant d'étendue. Généralement la résolution de cette tumeur se produit, au bout d'un temps toujours long, sans intervention active. Mais parfois la tension excentrique est telle que les tissus superficiels, privés de vie, suppurent et tombent en gangrène, si l'on n'a pas eu le soin de pratiquer de larges incisions pour s'opposer à cette complication imminente.

L'*ecchymose* présente souvent une grande étendue; elle fait cependant défaut dans quelques cas. Mais, quand elle existe, elle communique au fourreau de la verge et au scrotum une teinte foncée, qui devient parfois aussi noire que de l'encre; s'il ne survient pas de complications, cette ecchymose se résout en subissant les phases de transformation ordinaires.

Le phénomène de la *crépitation* a été consigné dans l'observation suivante :

(1) D⁫r Fontan d'Arreau, Hautes-Pyrénées. (Voy. Gaz. hôp., 1865, p. 98.

Observation V.

Au retour d'une noce, un juif, âgé de 45 ans, s'endormit dans sa voiture, couché sur le dos, et fut tout à coup réveillé par une violente douleur partant de la verge en érection. En voulant, pour calmer cette douleur, porter son pénis érigé de gauche à droite, il ressentit, pendant qu'il le tournait, une douleur lancinante extrême et entendit un bruit crépitant, semblable à celui que produirait une baguette de bois que l'on casserait en deux.

Tout aussitôt les parties génitales se tuméfièrent; il y eut une énorme diffusion de sang; le membre prit une coloration bleu noirâtre et présenta une *crépitation* très nette au toucher. La verge, courbée par le milieu, formait un angle, que l'effort de la main parvenait seul à redresser.

Grâce à un traitement antiphlogistique et un pansement approprié, la guérison eut lieu en trois semaines; la courbure que présentait la partie moyenne de la verge ne disparut entièrement que lorsqu'il se fut formé à son niveau un cal annulaire, dur, semblable à celui des os fracturés (1).

On peut se demander, à bon droit, si l'on n'a pas confondu, dans cette circonstance, la crépitation vraie avec la sensation que donne une masse sanguine pressée sous le doigt. Ce signe peut exister, sans doute, mais à la condition que le pénis soit le siège d'altérations préexistantes, telles que celles créées par la présence de nodosités, d'indurations calcaires ou d'os véritables dans l'épaisseur du corps caverneux.

Consécutivement à la rupture, l'épanchement

(1) Schmidts Jahrb. XXVIII, 1848, p. 125.

de sang sous la peau de la verge peut être tel qu'il détermine une rétention d'urine par compression de l'urèthre. Mais cette rétention est passagère, et disparaît aussitôt que le gonflement a diminué et que l'élément spasmodique consécutif à l'accident n'existe plus.

Enfin, un signe d'une grande valeur, et sur lequel nous reviendrons à propos du diagnostic, est relatif à la tendance que présente la verge à s'incliner du côté lésé; cette déviation de l'axe pénien devient très manifeste, dans la suite, au moment de l'érection.

Les *symptômes généraux* étant surtout le fait des complications, nous n'aborderons leur étude que dans le chapitre suivant.

CHAPITRE IV.

La rupture du corps caverneux aboutit à la formation d'un cal, ou plutôt d'une virole fibreuse, au bout d'un temps qui varie entre trois semaines et deux mois. Mais, avant d'arriver à cette heureuse terminaison, le blessé a diverses étapes à parcourir qui ne sont pas exemptes de troubles. Sa vie est mise en danger par les désordres souvent étendus qui accompagnent la rupture.

La moindre négligence, le moindre retard dans l'intervention, exposent le blessé à des complications formidables, comme le prouve l'observation que nous avons recueillie. Tout danger eût été conjuré, dans ce cas, si le chirurgien avait pu intervenir énergiquement, en provoquant par des incisions franches le dégorgement des parties.

Une des complications les plus graves des ruptures du corps caverneux est, sans contredit, la coexistence de la rupture du canal de l'urèthre. Cette dernière devient même la lésion principale, celle qui nécessite le plus d'attention de la part du chirurgien. Les troubles profonds de la miction, un écoulement de sang par le méat, seront les signes révélateurs les plus probants de cette complication.

Le blessé sera, dès lors, exposé aux graves accidents de l'infiltration urinaire, et d'autant plus que
la solution de continuité du canal sera plus considérable et que l'obstacle à la sortie des urines sera
plus résistant. L'infiltration se fait sur la verge, sur
le scrotum ou le périnée, et peut gagner de là les
régions inguinale, hypogastrique et iliaque. Une
inflammation intense envahit les tissus infiltrés
d'urine, qui deviennent rouges, tendus et fort dou-
loureux; à cet état, succèdent rapidement une suppuration diffuse et la gangrène des parties. De ce
moment, les symptômes généraux dominent la
scène. Un trouble extrême s'empare des diverses
fonctions de l'économie, et le malade succombe
généralement à la fièvre hectique.

Mais de ce qu'il y a plaie du pénis ou de l'urèthre, il ne s'ensuit pas toujours une infiltration urineuse; il se forme souvent une simple tumeur, ou
sanguine ou urineuse, qui se termine par une suppuration simple (cas du postillon de Chopart) ou
qui laisse à sa suite une véritable fistule urinaire;
quelquefois il se forme un peu de pus dans le voisinage et l'abcès est en dehors de la plaie uréthrale
(Demarquay).

En dehors de l'infiltration urineuse, un accident
à signaler dans la rupture simultanée de l'urèthre
et du pénis, c'est l'*emphysème*. Cette complication,
heureusement fort rare, devient souvent le point de
départ des phénomènes d'infections érysipélateuse
ou putride.

Du reste, la mortification de la verge et du scrotum reconnaît parfois d'autres causes que l'infiltration urineuse. Lorsque *l'extravasation sanguine est très abondante* et que le blessé laisse à la nature faire son œuvre, l'inflammation peut s'emparer des tissus distendus outre mesure. Un phlegmon diffus survient dans cette circonstance et quelquefois la paroi abdominale elle-même n'est pas respectée. La peau prend vite un aspect violacé, livide ; des taches fauves, cendrées, apparaissent et s'étendent rapidement, puis les téguments se sphacèlent dans une grande étendue et, en tombant, laissent à nu la verge et les deux testicules. La température est élevée, le pouls faible et fréquent, la langue noire et sèche ; le malade est en proie à une infection putride aiguë qui peut l'enlever rapidement.

C'est surtout chez les individus à tempérament lymphatique, débilités par les excès de toutes sortes, que cette complication est à redouter. Elle serait fatale si, au moment de l'accident, le sujet était en puissance de diabète, de fièvre typhoïde, de malaria et d'ergotisme, peut-être, puisque ces états ont pu engendrer de toutes pièces la gangrène des parties ; mais l'érection est chose rare et la rupture n'a jamais été observée dans ces circonstances.

La gangrène des parties peut guérir parfaitement, si elle est traitée avec énergie. Après la chute du fourreau de la verge, le fascia pénis se couvre de bourgeons charnus et un tissu de cicatrice se forme assez rapidement. La dénudation des testicules même est loin de présenter la gravité qu'on serait tenté de lui attribuer, et une opération autoplastique saura facilement parer à tous les inconvénients. La peau des aines et de la partie inférieure de l'abdomen se laissera attirer et contribuera à former un scrotum nouveau, d'une structure différente, et quelquefois trop étroit pour laisser aux glandes toute leur mobilité, mais suffisant, en général, pour les protéger convenablement (Richelot).

Nous avons dit que l'inflammation se propageait parfois jusque sur la paroi abdominale, à travers les réseaux lymphatiques. Si on ne surveillait avec soin cette complication, le sphacèle de la peau suivrait de près la mortification du tissu cellulaire sous-jacent, donnant lieu à la formation d'une plaie très étendue. A supposer que le malade réussisse à faire les frais d'une suppuration longue et abondante, celle-ci le plongera toujours dans un état d'épuisement, dont il ne se relèvera ensuite qu'avec peine.

Nous nous abstiendrons de passer en revue tous les accidents qu'une rupture compliquée de plaie peut entraîner à sa suite. Nous nous contenterons d'accorder une simple mention à l'érysipèle qui revêt dans ces régions des allures toujours inquiétantes.

Telles sont, esquissées à grands traits, les complications auxquelles les ruptures péniennes peuvent donner lieu. Mais il s'en faut de beaucoup que tous les cas soient suivis de désordres aussi profonds et aussi étendus. Le plus souvent, en effet, tout se borne à la formation d'une tumeur sanguine, accompagnée d'une ecchymose qui se termine spontanément par la résolution.

Signalons enfin les quelques troubles fonctionnels que les ruptures peuvent laisser à leur suite. Nous savons que le tissu des corps caverneux se rétracte, en se cicatrisant, pour former une virole plus ou moins complète. La présence de cette dernière détermine, pendant l'érection, une courbure de la verge, parfois tellement prononcée, que le sujet est obligé de renoncer au coït, à cause de la douleur qui l'accompagne.

Mais, hâtons-nous d'ajouter qu'en général la flexion du pénis est assez légère ; l'intromission est rendue un peu plus difficile, il est vrai, mais le coït finit par s'accomplir dans les conditions normales. Dans certains cas très heureux, même, les parties lésées paraissent jouir du bénéfice de la *restitutio ad integrum ;* non seulement la réunion ne s'accompagne d'aucune déformation, mais encore les fonctions génitales se rétablissent dans toute leur intégrité, le sang ayant pu reprendre son cours à travers les tissus cicatriciels.

Nos deux observations inédites présentant, à elles deux, le tableau à peu près complet des principales complications que nous venons d'étudier, nous les développerons à cette place. La première est faite, comme il a été dit, avec les souvenirs du

blessé ; dans la seconde, nous avons suivi pas à **pas**
les péripéties du drame pathologique et nous en
avons scrupuleusement noté toutes les manifesta-
tions.

Observation VI (personnelle, inédite).

Rupture simultanée du corps caverneux droit
et du canal de l'urèthre.

B... (Joseph), 40 ans, manœuvrier à Laon, tempérament
nerveux, jouit d'une parfaite santé. Il était marié depuis
trois mois, lorsque, le 20 juin 1866, il fut victime de l'accident qui fait l'objet de cette observation.

Comme antécédents morbides, à cette époque, il ne comp-
tait qu'une blennorrhagie légère contractée deux ans aupa-
ravant et qui avait cédé, au bout de cinq semaines, à l'admi-
nistration de simples tisanes diurétiques. Cette affection
n'avait laissé à sa suite aucune altération appréciable de
l'urèthre. Le jeune marié se disposait à pratiquer le coït avec
une vigueur peu commune et en prenant pour ainsi dire de
l'élan, lorsque le gland vint buter violemment contre la fesse
droite de la femme, qui se trouvait dans le décubitus dorsal.
A ce moment, il entendit un craquement suivi d'une douleur
suraiguë, et la verge tomba aussitôt à l'état de flaccidité.

Une pressante envie d'aller à la garde-robe se fit sentir,
mais le blessé ne put expulser, malgré tous ses efforts, ni
urine ni matière fécale. Le membre se tuméfia sur le champ
d'une façon démesurée, à tel point que, dans l'espace de six
heures, le pénis avait acquis la grosseur du poignet, et le
scrotum le volume de la tête. Des compresses d'eau blanche
furent appliquées durant toute la nuit. Les premières vingt-
quatre heures se passèrent sans amener de phénomènes généraux ; pas de fièvre, douleur localisée aux parties génitales.
L'accident ayant eu lieu le vendredi au soir, ce fut seulement le dimanche, à 3 heures de l'après-midi, que le méde-

cin fut appelé. A ce moment, les bourses tuméfiées avaient pris une couleur sombre ; il en était de même de la peau de la verge ; pas une goutte d'urine ne s'était écoulée depuis l'accident.

Le médecin prescrivit des bains de siège prolongés pour favoriser là miction ; résultat nul. Le lendemain, fièvre et inappétence ; le ventre était très distendu par la réplétion de la vessie ; le prépuce, très gonflé, masquait l'ouverture du méat. Après des tentatives, qui durèrent près de trois quart d'heures, le médecin réussit à introduire une sonde métallique ; quelques caillots de sang sortirent avec le premier jet d'urine, qui coula ensuite claire et abondante. La sonde fut maintenue en place jusqu'au lendemain. Le soir de ce jour, de larges incisions furent pratiquées sur la verge et sur le scrotum, principalement è droite ; celles-ci déterminèrent l'issue d'une forte quantité de sang noirâtre.

Lavages à l'eau de feuilles de noyer et renouvellement fréquent de linge.

A partir de ce moment, le malade remarqua que la verge avait une forte tendance à dévier à droite, surtout au moment des demi-érections, qui étaient assez fréquentes. Bientôt il survint une suppuration des plus abondantes, les parties étaient absolument noires et il s'en dégageait une odeur très fétide. Une fièvre des plus violentes se manifesta ; l'état du malade devint alarmant et le délire ne le quitta pas pendant huit jours. La quinine et l'extrait de quinquina furent prescrits à cette occasion. Vers le dixième jour, de gros lambeaux de peau sphacélée se détachèrent ; la dénudation de la verge et du testicule droit fut complète ; quant au testicule gauche, il se trouvait encore recouvert presque en totalité de peau saine. Après l'élimination des lambeaux, l'état général du malade se releva progressivement. On se contenta dès lors d'employer le pansement simple au cérat et à la charpie. Durant les vingt jours qui suivirent l'accident, en dehors des soins que nous avons mentionnés, on appliqua journel-

lement une sonde en caoutchouc, qui devait être maintenue
de six à sept heures dans le canal (1).

Le médecin ne visita le malade qu'à de longs intervalles, dès
qu'il parut se trouver hors de danger. Il ne fut rien tenté pour
amener la disparition de la fistule, ni pour diminuer l'étendue
de la plaie scrotale. Le défaut de surveillance amena une cicatrisation vicieuse, dont le malade porte encore aujourd'hui les
traces gênantes. Le blessé garda le lit pendant trois mois, ce
qui détermina la productions d'eschares au sacrum. Il n'y
eut pas d'érection complète durant toute cette période. « La
verge gonflait sans raidir, dit le sujet, et elle était tournée
du côté droit. » Six semaines après la cicatrisation intégrale,
c'est-à-dire vers la fin du mois d'octobre, M. B... essaya de
nouveaux rapports sexuels, en s'entourant bien entendu des
plus grandes précautions. L'érection fut, paraît-il, absolue,
et l'intromission assez facile ; l'éjaculation arriva assez rapidement et elle fut aussi voluptueuse qu'avant la blessure. Il
ne s'est jamais produit dans la suite le moindre accident à
l'occasion du coït, qui a été assez fréquent, le sujet étant
passablement porté vers les plaisirs sexuels. La présence de
la fistule n'empêche pas le sperme d'arriver sur le col utérin
et cet homme a pu devenir père de trois enfants.

Etat actuel des parties. — On voit aujourd'hui du tissu
cicatriciel sur un point de la région latérale droite de la
verge ; il s'est produit une cicatrisation vicieuse entre la
peau de la région hypogastrique du côté droit et celle qui
avoisine la racine du pénis ; une sorte de pont est ainsi formé
qui contribue à relever la verge et à la faire dévier à droite,
plus fortement encore que ne comporterait la perte de substance du corps caverneux. La fistule siège à 5 centimètres
environ du méat, dans l'état de flaccidité de la verge. Le sujet

(1) La sonde à demeure était très mal supportée ; une
cystite du col et une uréthrite violente se développèrent, qui
durent en faire cesser l'usage.

pisse indifféremment par la fistule, en exerçant une légère
torsion sur le pénis, ou bien par le méat urinaire : mais, dans
ce dernier cas, quelques gouttes d'urine s'écoulent à travers
la fistule. Les testicules sont mobiles et en pleine liberté sous
la peau des bourses, qui n'est cicatricielle que du côté droit
sur l'étendue d'une pièce de cinq francs.

OBSERVATION VII (personnelle, inédite).

*Rupture du corps caverneux gauche. Gangrène consécutive
de la peau de la verge et du scrotum. Large foyer de suppuration sous la paroi abdominale du côté gauche.*

P... (Louis), 29 ans, employé des contributions indirectes,
entre à l'Hôtel-Dieu de Laon le 21 janvier 1885. C'est un
jeune homme de constitution très vigoureuse, qui n'a jamais
présenté le moindre accident vénérien, ni syphilitique. Le
12 janvier, M. P... voulant pratiquer le coït dans la position
assise, souleva la femme par les hanches pour la ramener
vivement à son contact. Dans cette manœuvre, le pénis, en
pleine érection, heurta violemment contre la fesse gauche.
Le blessé ressentit, à ce moment, une douleur suraiguë, qui
fut accompagnée de la sensation d'un craquement sec. Le
maximum de la douleur correspondait à un point situé à
gauche, à peu près à égale distance du gland et de la base
de la verge. Cette douleur ne fut pas longtemps à se calmer,
et le coït put, quelque temps après, être mené à bonne fin.

Les jours qui suivirent, M. P... ne remarqua rien d'anormal dans ses organes. Mais, le 16 janvier, ayant voulu ten-
ter un nouveau rapprochement sexuel, il observa que sa verge
manquait de rigidité, et, malgré qu'il eut pris la position la
plus commode pour consommer l'acte, l'intromission fut
rendue très difficile par la tendance qu'avait l'organe à se
porter du côté gauche ; l'éjaculation fut obtenue néanmoins,
mais au bout d'un temps assez long.

Le lendemain 17, au matin, le blessé constata sur la partie gauche du pénis, à trois centimètres du gland environ, une tuméfaction analogue, dit-il, à celle déterminée par la piqûre d'une guêpe. Il éprouvait une sensation de brûlure à cet endroit.

Le 18, dans la journée, l'enflure gagnait la partie gauche du scrotum, lui communiquant une teinte noirâtre.

Le 19. Le gonflement et l'ecchymose avaient envahi tout le scrotum et un certain degré de fièvre s'était développé. Des cataplasmes furent simplement appliqués sur les bourses. Les douleurs étaient à ce moment des plus violentes.

Le 20. Le pus, de couleur noirâtre, se fit jour à travers la peau des bourses, et il suintait avec tant d'abondance, dit le malade, qu'une serviette était souillée en moins de deux heures.

Le 21, jour de son admission à l'Hôtel-Dieu, le sujet présente une teinte ictérique des plus prononcées ; les traits sont tirés, l'œil terne. La température axillaire monte à 39,8, 116 pulsations à la minute. Le malade accuse de la céphalalgie, sa langue est sèche, ses dents fuligineuses ; il éprouve de légers frissonnements ; voix altérée ; mouvements de déglutition répétés ; douleurs dans l'arrière-gorge. Le malade divague par intervalles, comme s'il était sous le coup d'une fièvre typhoïde à forme ataxo-adynamique. La peau de la verge tombe déjà en lambeaux ; il en est de même du scrotum, dont le volume est comparable à celui d'une tête d'enfant. Ces parties dégagent une odeur repoussante de gangrène. La partie gauche de l'abdomen est devenue douloureuse à la pression, et nous constatons la présence de larges raies rouges, qui, partant de la base de la verge, s'étendent jusqu'à l'hypochondre gauche.

Nous prescrivons 1 gramme de sulfate de quinine, plus une potion au cognac et à l'extrait de quinquina.

Lavages fréquents à l'eau phéniquée tiède.

Le régime se composera de bouillon au jus de viande, de lait et de vin généreux. Café et cognac.

Le 22. La suppuration des bourses présente un peu moins d'abondance et de fétidité. Les symptômes généraux sont à peu près les mêmes que la veille. La température dépasse 39° et le pouls est toujours petit et très fréquent. Le malade est très irritable ; sa main a des mouvements désordonnés lorsqu'il cherche à saisir un objet. (Cet homme était apparemment entaché d'un léger degré d'alcoolisme, car il nous a avoué dans la suite qu'il absorbait quotidiennement de trois à cinq « apéritifs », sans compter le vin et les liqueurs dont il usait assez largement.)

Nous procédons à l'examen des urines au point de vue du sucre et de l'albumine ; résultat négatif ; on ne décèle que la présence de quelques débris épithéliaux et de phosphates ammoniacaux magnésiens qui communiquent à ce liquide une couleur brun foncé.

Le 24. Nous détachons de gros lambeaux de peau sphacélés et les testicules apparaissent parfaitement isolés l'un de l'autre, recouverts seulement par la tunique vaginale hypertrophiée. Le malade n'ayant pas eu de selles depuis son entrée, on administre un purgatif salin.

Le 26. La peau de la paroi abdominale gauche, de rénitente qu'elle était est devenue pâteuse. La pression détermine une sorte de clapotement, indice de la présence du pus. Comme on fait asseoir le malade, un flot de pus noir et fétide fait irruption tant par la peau décollée de la racine de la verge, que le long du cordon spermatique gauche. Nous nous hâtons d'intervenir de la façon suivante : après avoir exploré l'étendue du décollement de la peau de l'abdomen, nous insinuons un drain en caoutchouc sous la peau de la racine de la verge et nous le faisons sortir à 25 centimètres plus loin, en pratiquant une contre-ouverture sur le flanc gauche. Nous injectons une solution d'acide borique à travers le drain, ce qui provoque l'issue d'une forte quantité de pus, mêlé à des fragments gangrenés de tissu cellulaire.

Le 29. Le malade a pu prendre aujourd'hui un bain de

siège, dont il s'est très bien trouvé. On a insisté, ces jours derniers, sur les injections et les lavages antiseptiques, et la fièvre est tombée à 37,5 ; le pouls se maintient toujours à 100. L'agitation et l'insomnie ont complètement disparu, et le sujet n'éprouve plus aucun symptôme alarmant; son appétit revient et il supporte déjà une nourriture assez substantielle. Le pus, moins abondant, n'a plus l'odeur fétide du début.

Le 31. Après l'injection détersive habituelle, nous poussons sous la paroi abdominale la valeur d'une seringue à hydrocèle de la solution suivante : iodure de potassium, 20 grammes; teinture d'iode, 300 grammes; eau, 680 gr. On supprime la quinine.

3 février. Une lame étroite de peau respectée par la gangrène pend, accolée par un mince pédicule, à la couronne du gland ; on la maintient rabattue contre la verge, au moyen d'un léger bandage roulé. La surface de la verge et des testicules commence à se couvrir de bourgeons charnus et une fine pellicule apparaît même par places.

Le 16. Les forces du malade sont en partie revenues. Il subsiste cependant encore un peu de pâleur de la face. Presque pas de douleur dans la partie gauche de l'abdomen, ni dans les organes génitaux. Le sujet a pu faire aujourd'hui une petite promenade, les parties étant soutenues à l'aide d'un suspensoir ouaté.

Le 20. La température s'est élevée brusquement hier au soir à 38,5 ; nous constatons en effet que la peau du ventre a perdu sa souplesse habituelle, et qu'elle est devenue susceptible à la pression. Mais un purgatif, le changement du drain et quelques injections boriquées chaudes ont vite raison de cette légère complication.

Le 25. Le drain ne donne plus que quelques gouttes d'un pus louable, et le moment est proche où nous pourrons l'enlever sans inconvénient. L'état de la verge est aussi des plus satisfaisants, et la lame de peau, qui a été rabattue à sa face inférieure, n'a pas peu contribué à amener ce résultat. Il n'en est malheureusement pas de même de la surface testiculaire dénudée; de ce côté, la suppuration est encore assez abondante et les bourgeons charnus saignent au moindre contact. La guérison complète sera lente à se produire et le sujet sera exposé à maint accident, même après la cicatrisation intégrale, si on abandonne à la nature le soin de recouvrir les glandes séminales.

Dans ces conditions, une *opération autoplastique* s'imposait, et notre chef de service a bien voulu nous la confier. Cette condescendance de sa part ne sera pas le moindre titre qu'il possédera à notre profonde gratitude, car elle nous a fourni l'occasion de faire nos premières armes en chirurgie sur un terrain assez périlleux.

Avant d'indiquer le manuel opératoire que nous avons suivi, nous rappellerons que toute la surface des testicules, recouverts de la tunique vaginale en plein bourgeonnement, était dénudée, ce qui portait à 10 centimètres carrés environ la surface à recouvrir. D'un autre côté, comme étoffe disponible, il n'apparaissait qu'une mince bande de scrotum, presque confondue en bas avec le périnée et sur les côtés avec l'origine des cuisses ; il n'existait en haut, à l'union de la verge et du scrotum, qu'une sorte de mince collerette de peau enflammée et inextensible.

Au moyen d'un bistouri convexe et d'une pince à disséquer, nous séparons par petits coups le testicule du mince liseré de peau qui l'environne. Ce premier temps de l'opération a été assez laborieux, car les adhérences étaient très solides, et, c'est en vain que nous avons essayé, avec un instrument mousse, de pratiquer l'énucléation. Il a fallu procéder lentement, pour éviter de faire des boutonnières à la peau ou d'intéresser la glande séminale. Le deuxième temps de l'opération a consisté à aviver, au moyen de ciseaux courbes, les bords recroquevillés des lambeaux. Nous avons exercé, sur ces derniers, des tractions assez énergiques pour déterminer leur affrontement, et ce n'est pas sans une certaine surprise que nous avons constaté la grande extensibilité de cette peau. Troisième temps, suture enchevillée ; quatre points sont appliqués à la partie inférieure avoisinant le périnée ; deux autres points en haut pour réunir l'angle supérieur du lambeau de droite à la mince lame de peau, qui embrasse la racine de la verge. Cette suture maintient parfaitement affrontés les bords des lambeaux droit et gauche, sauf une surface de l'étendue d'une pièce d'un franc au niveau du testicule gauche, que l'insuffisance de l'étoffe nous a empêché de recouvrir. Pansement : Application d'un linge fin recouvert de vaseline phéniquée, forte couche de ouate phéniquée et suspensoir.

Dans la soirée, la température ne s'élève que d'un demi-degré et le malade n'accuse rien d'anormal.

26 février. Les pièces du pansement ne sont salies que par quelques gouttes de pus sanieux.

Comme il s'est produit un peu de gonflement et de tension dans les tissus, nous substituons aux grosses plumes, primitivement employées pour la suture, de minces rouleaux de protective.

2 mars. Nous enlevons deux points intermédiaires de suture, qui tendent à couper la peau. La réunion, par première intention est obtenue.

Le 3. Après avoir retiré les trois points de suture restants, nous établissons, au moyen de bandelettes de diachylon imbriquées, une épaisse cuirasse destinée à rétrécir le champ de la petite plaie qui subsite à gauche.

Le 6. Le malade a eu, aujourd'hui une érection complète suivie d'éjaculation.

Il a remarqué que son pénis était aussi rigide qu'autrefois, qu'il paraissait un peu plus gros, mais qu'en revanche sa longueur avait sensiblement diminué. La verge était légèrement coudée à gauche, ajoute le malade, et le sommet de la courbure correspondait exactement au point où avait débuté l'enflure. De plus, pendant toute la durée de l'érection, la verge paraissait être maintenue à gauche au moyen d'un cordon très tendu ; et il semblait à M. P..., qu'un léger effort, agissant de gauche à droite, aurait suffit pour déterminer la rupture de ce cordon. L'éjaculation ne provoqua, du reste, aucune douleur. et elle fut accompagnée de la sensation voluptueuse habituelle.

Le 8. Le bandage contentif au diachylon est toujours appliqué, et la plaie scrotale s'atténue tous les jours. Cautérisation légère au nitrate d'argent. Le malade fait d'assez longues promenades sans se trouver incommodé. Son état général est parfait ; on ne dirait pas d'un homme qui relève d'un traumatisme aussi considérable.

Le 10. Enlèvement du drain après une dernière injection iodo-iodurée, qui détermine, comme toujours, une légère cuisson momentanée. Application de larges couches de ouate ; compression méthodique au moyen d'un spica double.

Le 20. La guérison est complète ; la suture scrotale simule, à s'y méprendre, le raphé médian normal, et les testicules ont déjà acquis une certaine mobilité sous la peau. Ce résultat, obtenu au bout de deux mois, est magnifique, car le blessé, couché dans une salle de vénériens, a perdu, de ce fait, une partie des bénéfices attachés au séjour loin d'un grand centre.

1er avril. Le malade a quitté définitivement l'Hôtel-Dieu et se trouve en état de reprendre ses occupations. Nous constatons la présence d'une sorte de bourrelet dur, d'une virole au point où la rupture s'est produite, c'est-à-dire sur le corps caverneux gauche, à trois centimètres environ en arrière de la couronne du gland. La région hypogastrique est légèrement tendue, ce qui s'explique par les tractions qu'il a fallu opérer sur elle pour recouvrir les testicules. Il n'y a, du reste, plus trace d'inflammation.

M. P... a déjà pratiqué quatre ou cinq fois le coït, ce qui dénote que son appétit sexuel n'a pas diminué. Tout se passe comme avant l'accident, sauf pour ce qui a trait à l'intromission qui est devenue assez difficile par suite de la courbure que présente la verge lors de l'érection. La sensibilité du gland, loin d'être abolie, paraît au contraire avoir augmenté, et après l'éjaculation qui est assez rapide, le pénis revient progressivement à ses dimensions ordinaires.

CHAPITRE V.

DIAGNOSTIC. — PRONOSTIC.

Il est rare que le *diagnostic* présente des difficultés sérieuses, et on peut l'établir d'emblée, si le
blessé fournit des renseignements précis sur la
façon dont l'accident est arrivé. Malheureusement,
les commémoratifs font parfois défaut, le malade
s'obstinant à altérer la vérité, retenu qu'il est par
la honte. On doit se baser alors sur les phénomènes
qui ont succédé au traumatisme, sur l'aspect plus
ou moins déformé du membre viril. Si, après avoir
constaté que le canal de l'urèthre est indemne, on
reconnaît une mobilité exagérée du segment antérieur de la verge, on pourra conclure hardiment à
la lésion des corps caverneux.

Cette mobilité est peu marquée au début, mais au
fur et à mesure que l'on s'éloigne du moment de
l'accident, elle devient plus sensible, plus évidente.
La portion du pénis, située en avant du point rompu
reste pendante; elle oscille en quelque sorte,
et sa mobilité est d'autant plus marquée, que sa
turgescence est diminuée. Il semble que tout lien
avec la portion fixe soit rompu; elle se meut sur
cette dernière, à la manière des pseudarthroses, et

manifeste cette manière d'être, surtout au moment des érections. Tandis que le bout postérieur du pénis se gonfle, s'érige, se durcit, la partie antérieure reste flasque et en quelque sorte indépendante, comme si plus rien ne la rattachait à la racine de la verge (Demarquay).

Dans les premiers jours qui suivent l'accident, les phénomènes inflammatoires masquent parfois tous les autres, et si l'on est privé des renseignements du blessé, le diagnostic reste forcément indécis. L'exploration des parties, pratiquée alors dans le but de découvrir la mobilité anormale, ne serait pas exempte de danger; elle serait de plus inutile, puisque la thérapeutique n'en recevrait aucune modification.

La contusion simple, la déchirure de certains vaisseaux superficiels, telle que la veine dorsale, offrent certains caractères communs avec la rupture des corps caverneux. Dans les deux cas, la verge peut présenter avec l'augmentation de volume, une teinte noire ecchymotique des téguments. Mais, sans compter que la marche des accidents sera tout à fait différente, on sera vite édifié en constatant la non-existence de la déformation et de la mobilité anormale.

Le diagnostic différentiel sera encore plus commode avec la rupture de l'urèthre qui s'accompagne, comme on sait, d'uréthrorrhagie et de troubles profonds de la miction, donnant parfois lieu aux graves symptômes de l'infiltration urinaire. Du

reste, ces deux ordres de lésions coexistent souvent
et alors aux symptômes déjà énoncés s'ajoutent évidemment ceux qui sont particuliers à la rupture
du corps caverneux.

Le point exact où la lésion s'est produite, est en
général facilement reconnaissable. C'est lui qui
forme le sommet de l'angle de flexion du pénis,
c'est lui qui est le siège du maximum de la douleur,
c'est à son niveau enfin que débutent les accidents
lorsqu'il y a des altérations consécutives des téguments. En promenant le doigt sur la surface du
corps caverneux blessé, si les tissus ne sont ni trop
gonflés, ni trop indurés, on arrive à percevoir une
zone circonscrite où existe une sorte de lacune;
c'est le siège de la rupture. La connaissance de celui-ci, sans être d'une importance majeure, peut cependant fournir des indications utiles pour le pronostic et le traitement.

La déformation de la verge est caractéristique et
suffirait à elle seule à faire diagnostiquer la rupture. Le pénis dévie à droite ou à gauche, suivant
que le corps caverneux droit ou gauche a été atteint,
et la courbure est d'autant plus prononcée que la solution de continuité est plus large. Si les deux
corps caverneux sont rompus à la fois, la verge res-
semble, comme nous l'avons dit, à un fléau dont
l'angle est quelquefois saillant en bas, le plus souvent en haut. C'est surtout lorsque la verge est en
érection que la courbure devient considérable.

Le diagnostic sera rarement à faire dans les cas

de ruptures incomplètes. La douleur et les troubles
locaux étant d'ordinaire peu accentués, le blessé
croit à une lésion insignifiante et passe outre sans
réclamer les secours de l'art. Mais, à la suite d'une
imprudence, si la rupture complète succède à cette
simple éraillure, il devient très important d'obtenir
sur ce léger accident primitif, les renseignements
les plus précis du malade.

Comme nous l'avons déjà fait pressentir, le *pronostic* des ruptures de la verge ne devient grave
qu'en raison des complications. Celles-ci se développent habituellement fort vite après l'accident ; de
sorte que, dans les huit ou dix premiers jours, on
devra user de grandes réserves et se baser, pour
établir le pronostic, sur la nature de ces complications et sur le terrain où elles évoluent.

Nous nous exposerions à des redites, si nous repassions en revue les divers accidents, dont nous
avons déjà signalé la gravité dans le chapitre des
complications. Qu'il nous suffise de rappeler la gangrène de la peau du pénis et des téguments voisins,
consécutive à la rupture du corps caverneux ; gangrène déterminée, soit par l'infiltration sanguine,
soit par l'infiltration urineuse, et, dans ce dernier
cas, avec participation nécessaire du canal de l'urèthre à la lésion.

Ces désordres profonds se sont parfois terminés

par une mort rapide ; tel est le cas cité par Huguier,
dans lequel l'autopsie put être pratiquée ; nous reproduisons ici cette observation intéressante :

Observation VIII.

Rupture de la verge, infiltration urineuse, mort.
(M. Huguier, *Société de chirurgie*, avril 1853.)

G... (Jean), 37 ans, palefrenier, marié, doué d'une constitution vigoureuse, fut apporté à Beaujon le 26 mars 1853.

Cet homme était atteint d'une affection de l'oreille, pour
laquelle un médecin ordonna l'application d'un vésicatoire
à la région mastoïdienne.

Quelques jours après, cet homme ayant des érections con-
tinuelles eut, contre l'avis de son médecin, un rapport sexuel
avec sa femme ; seulement, elle se plaça sur lui et par un
faux mouvement, pressant de tout le poids de son corps sur
la verge alors en érection violente, elle la ploya violemment
avec le périnée et les cuisses. Une douleur vive et violente
survint au moment de l'accident, la verge prit bientôt une
couleur rouge, violacée.

En même temps eut lieu un écoulement de sang très considérable. Bientôt le malade s'aperçut qu'il ne pouvait plus
uriner, le médecin tenta le cathétérisme, mais en vain. Le
lendemain du jour de l'accident il fut porté à Beaujon.

26 mars. La verge présente un épanchement de sang con-
-sidérable, sa couleur noire peut faire croire à la gangrène,
elle est déformée et d'une mollesse extrême. Le prépuce est
œdémateux, surtout à son extrémité inférieure. Le scrotum
et tout le périnée offrent une teinte violacée et sont œdéma-
tiés, la palpation détermine dans la région hypogastrique et
au périnée une douleur très vive.

En même temps le pouls se développe, bat 120 fois à la

minute; la fièvre est intense; le malade est très agité, ne peut dormir; l'anorexie est complète. Bientôt la langue devient brunâtre; l'urine infiltrée amène une gangrène de la peau de la verge, du scrotum et du périnée; des plaques gangreneuses se développent aux régions inguinales, hypogastriques et iliaques; la vessie est distendue par l'urine et, comme il est impossible de la vider par la sonde, le chirurgien se voit dans la nécessité de la ponctionner à travers l'hypogastre; enfin, la mort vient mettre un terme aux douleurs du malade.

A l'autopsie, on a trouvé que la rupture de l'urèthre avait eu lieu au niveau du bulbe; la rupture du canal était complète, une distance de 2 centimètres séparait les deux bouts du canal rompu. De plus, à deux pouces du méat urinaire, existait une cavité anfractueuse, remplie de sang noirâtre mêlé à de l'urine; cette cavité, débarrassée du sang par un filet d'eau, présentait à sa paroi supérieure deux dépressions dues à une *perte de substance du corps caverneux.*

Mais, en somme, il est fort rare, si la lésion n'a intéressé que les corps caverneux, qu'un processus inflammatoire se développe. On parvient du reste à le juguler assez rapidement, si on est appelé dans les premières heures qui suivent le traumatisme.

Enfin, le blessé a triomphé des diverses complications ou n'a pas eu à souffrir de leurs atteintes; quel sera son sort après la guérison définitive? La fonction génésique sera-t-elle conservée? Comment s'exercera-t-elle?

Nous avons déjà fait remarquer que, dans les cas de rupture unilatérale, la courbure du pénis n'était généralement pas telle qu'elle pût empêcher cet organe de remplir, d'une manière satisfaisante, les fonctions qui lui sont dévolues. Toutes les observations que j'ai recueillies et notamment la suivante viennent à l'appui de mon dire.

OBSERVATION IX.

Rupture probable d'un des corps caverneux de la verge.

(Boinet.)

Un homme, âgé de 42 ans, d'une forte constitution, n'ayant eu dans sa vie d'autre indisposition que cinq ou six blennorrhagies et un chancre, il y a dix ans, et traité par les préparations mercurielles, rencontra, il y a trois mois, des difficultés insurmontables à l'accomplissement des rapports sexuels, et, dans un violent effort pour les vaincre, il ressentit une douleur assez vive dans le pénis. L'éjaculation eut lieu sans écoulement de sang. Sur le moment aucun autre accident ne se manifesta ; mais le lendemain il s'aperçut que la verge était plus volumineuse et qu'une partie du prépuce était gonflée et infiltrée de sang. L'écoulement de l'urine était normal ; pas de douleurs dans la verge. Ce ne fut que huit jours après, en urinant, qu'il sentit au côté droit de la verge, vers le milieu, une sorte d'induration ; et lorsqu'une quizaine de jours après, il voulut avoir des rapports sexuels, il reconnut à son grand étonnement, qu'il ne pouvait y parvenir parce que le pénis en érection était tordu d'une manière tout à fait bizarre ; il était presque coudé à angle droit sur la partie latérale droite.

Depuis cette époque, l'érection, qui est très fréquente, présente toujours les mêmes phénomènes ; elle est bornée au corps caverneux gauche et à la partie inférieure du corps caverneux droit. Lorsque le pénis n'est pas en érection, on sent vers la racine du corps caverneux droit une petite induration allongée transversalement, élastique, non douloureuse au toucher et assez bien limitée. Au commencement de l'érection, le malade remarque que la verge éprouve d'abord une courbure en avant, puis une courbure latérale à droite ; dans le point où existe la tumeur indurée dans le corps caverneux gauche et à droite, il ressent alors des tiraillements assez prononcés. Au moment de l'érection, l'induration se trouve placée à un centimètre environ au-dessous de la base du gland ; c'est là que se fait la courbure du pénis. Le canal de l'urèthre est parfaitement libre ; la miction et l'éjaculation se font normalement (1).

Il n'en est malheureusement pas de même si les deux corps caverneux ont été lésés simultanément ; et encore est-il indispensable d'établir ici une distinction. Si la rupture siège dans le voisinage du gland, l'érection et l'éjaculation risqueront d'être fort peu modifiées. Le sang arrivant difficilement dans le segment antérieur, celui-ci n'aura peut-être pas la rigidité désirable, mais, en raison de sa brièveté, l'intromission sera encore possible. De plus, la sensation voluptueuse sera parfois émoussée dans ce bout ; « la fosse naviculaire, comme dit Ricord, ne sera plus l'aboutissant ou le rendez-vous des sympathies. » Cette diminution de la sensibilité sera souvent sous la dépendance d'une plaie concomitante de l'urèthre.

Mais si, comme dans le cas de Parker, les corps caverneux ont été lésés au niveau du pubis, le résultat sera déplorable ; l'érection ne pouvant plus

(1) Gazette des hôpitaux, 1852, p. 351.

se produire, tout rapprochement sexuel sera rendu impossible et la stérilité sera complète par conséquent. Cette pénible situation a parfois une influence funeste sur le moral du blessé, qui perd son énergie, se laisse aller au découragement, et finit par tomber dans la monomanie ou le marasme.

OBSERVATION X.

Un jeune homme, natif de Canton (Etats-Unis), vient consulter M. Parker. Marié depuis huit mois, il avait rencontré, lors de la première nuit, des obstacles insurmontables à l'accomplissement des rapports sexuels. Pendant un effort fait dans ce but, il ressentit une violente douleur. Depuis ce temps, l'érection est restée bornée à un demi-pouce du pénis du côté de sa racine; l'extrémité pend molle et flasque. Après examen, Parker trouva, en effet, un espace bien défini à travers le corps caverneux, situé à environ un demi-pouce du pubis, où siégeait une fracture qui séparait le pénis en deux.

Il ne fut procédé à aucun essai pour remédier à ce cas malheureux (1).

(1) Parker (The American Journal of the med. sc., 1849).

CHAPITRE VI.

Nous suivrons, dans la question des moyens thé-
rapeutiques à diriger contre les accidents primitifs
et consécutifs du traumatisme que nous étudions,
la marche que nous avons adoptée pour la description des symptômes.

Dans un premier paragraphe, nous nous occupe-
rons des ruptures partielles du corps caverneux
avec simple éraillure de l'enveloppe fibreuse, signa-
lant les diverses méthodes de traitement qu'on a
proposées contre certaines de leurs suites. Nous in-
diquerons ensuite les soins qu'on pourra opposer
aux premiers phénomènes, tant généraux que locaux, qui accompagnent la blessure; la thérapeutique aura surtout pour but, à ce moment, de prévenir certaines complications imminentes. Enfin, si
ces dernières se développent, malgré les soins ou à
cause de leur absence, il faudra s'inspirer pour le
traitement à instituer sur les indications fournies
par la nature et la gravité des accidents. Le traitement de la gangrène et de l'infiltration urineuse,
sera de notre part l'objet d'une remarque spéciale.

A. *Ruptures incomplètes.* — Les lésions légères des corps caverneux et de leur enveloppe, que nous avons rangées sous la rubrique de ruptures incomplètes, ne réclament le plus souvent que le repos de l'organe, pendant un court espace de temps. Celui-ci devra être suffisant pour permettre à la plaie de se cicatriser, et l'on ne manquera pas de prévenir le blessé du danger qu'une répétition prématurée du coït pourrait lui faire courir. Du reste, l'occasion ne se présentera pas souvent au médecin de donner ces conseils ; il est rare, en effet, que le sujet attache de l'importance à cet accident, à cause de la légèreté des symptômes qu'il provoque d'habitude.

Dans certains cas exceptionnels, il est vrai, les choses ne se passent pas aussi simplement, et l'on voit se développer au niveau de la lésion des tumeurs hématiques, sortes d'anévrysmes sans pulsations (Boyer, Albinus) sur lesquelles il faudra bien se garder de porter le bistouri.

On pourra essayer de les faire disparaître, en recourant à la méthode de Champion, préconisée par Velpeau, qui consiste à écraser ces tumeurs, a rompre leur kyste pour favoriser la résorption de leur contenu. S'il survenait par hasard un petit abcès, la conduite à tenir serait bien différente, et il faudrait se hâter de donner issue au pus, dès que sa présence serait devenue manifeste.

Quant aux indurations plastiques, aux nodosités des corps caverneux qui se développent consécutivement à leur blessure, le plus sûr moyen de les faire

disparaître serait leur excision ; mais cette opération n'est pas assez exempte de dangers, pour que
nous nous croyions autorisé à la proposer. Nos pré-
férences, dans ce cas, seront toujours pour les
moyens purement médicaux ; ceux-ci ont donné, entre les mains de Lerminier et de La Peyronie notamment, des résultats magnifiques. Le premier de
ces auteurs a obtenu, dans deux cas, la résolution
complète des tumeurs, par de simples frictions
mercurielles sur le pénis. Le second s'est très bien
trouvé de l'emploi des eaux de Barèges, dans trois
cas. Enfin on a réussi également à faire disparaître
ces concrétions plastiques par des badigeonnages de
teinture d'iode, combinés avec des douches locales,
et par l'usage interne de l'iodure de potassium
ou du mercure, principalement sous forme de
calomel.

B. *Ruptures complètes*.— Si l'on est appelé aussitôt
après l'accident, on devra s'appliquer, après avoir
constaté la lésion, à relever l'état moral du blessé qui
est toujours porté à s'exagérer la gravité de son cas.
Si une syncope se produisait, on ferait avec avan-
tage une injection hypodermique d'éther sulfu-
rique.

L'état de spasme et la douleur suraiguë devront
être combattus par les narcotiques (intus et extra)
et par l'application de la glace sur la partie atteinte.
La glace et les lotions astringentes auront en outre
pour résultat, en s'opposant à l'érection, de dimi-

nuer l'extravasation sanguine et de favoriser la résorption du sang. Enfin, on se conformera à l'indication la plus pressante, en recommandant au malade de garder un repos absolu, dans le décubitus dorsal ; sa verge immobilisée sera maintenue appliquée sur le ventre.

Si, malgré l'application de ces moyens, il survenait des accidents inflammatoires, il faudrait recourir aux antiphlogistiques, et pour peu que les tissus fussent tendus par suite de l'abondance de l'épanchement sanguin, on ne devrait pas hésiter à pratiquer des incisions multipies le long du pénis. C'est pour avoir failli à cette indication, qu'on voit se développer rapidement la gangrène des parties affectées, gangrène qui amène souvent la dénudation complète de la verge et parfois aussi des testicules. Ces incisions pourront obvier également aux troubles de la miction, provoqués par l'action compressive des surfaces gonflées sur le canal, sans qu'il soit nécessaire de recourir au cathétérisme.

C. *Complications*. — Le rôle du chirurgien deviendra beaucoup plus difficile s'il est appelé tardivement, lorsque la gangrène aura déjà fait son apparition, ou s'il existe des lésions concomitantes de l'urèthre.

Il est rare que la gangrène se limite aux enveloppes de la verge ; le plus souvent elle envahit aussi le scrotum, donnant ainsi naissance à un état typhoïde grave, contre lequel il faudra lutter au moyen des toniques sous toutes les formes. Les antiseptiques généraux, tels que la quinine et le phénate de soude, devront être largement utilisées, de même que les antiseptiques locaux, solutions d'acide borique ou d'acide phénique.

On pourra parvenir ainsi à circonscrire les foyers gangreneux et à mettre fin aux troubles généraux. Les parties tomberont au fur et à mesure de leur mortification ; il faudra, le plus souvent, laisser à la nature le soin de l'élimination complète des lambeaux sphacélés, car on risquerait parfois de détacher avec le bistouri ou les ciseaux des points encore vivaces, malgré toutes les apparences. Dès que ce travail d'élimination sera achevé, on visera à recouvrir les surfaces dénudées, au moyen d'une opération *autoplastique*, qui donnera le plus souvent des résultats rapides et inespérés. Parfois même, si l'ulcère est peu étendu, on pourra se contenter de simples pansements à plat, à la vaseline phéniquée par exemple ; l'attraction concentrique, que le tissu cicatriciel exerce sur la peau mobile des régions voisines finira par reproduire un nouveau fourreau et une nouvelle poche scrotale.

Lorsque la rupture de l'urèthre accompagne celle des corps caverneux, il faut parer aux nombreux accidents qu'entraîne après elle cette grave lésion. Ce n'est pas ici le lieu d'énumérer les divers moyens à mettre en œuvre. Je ne dirai qu'un mot de l'infiltration urineuse dont il a été plusieurs fois question dans le cours de ce travail.

Le premier soin à donner au blessé est de rétablir le cours normal de l'urine en pratiquant le cathétérisme.

Celui-ci est souvent très difficile, parfois même impossible, et l'urine, arrêtée par un obstacle infranchissable, s'épanche alors à travers les tissus. Il est formellement indiqué, à ce moment, de pratiquer de profondes incisions, pour donner une large issue à l'urine épanchée, et prévenir la résorption urineuse et la mortification des parties molles qui sont la conséquence a peu près obligée de cette complication (Terrillon).

Les suites de la rupture pénienne trouveront parfois un palliatif dans une intervention chirurgicale. Si, par exemple, la courbure du pénis est tellement prononcée que le coît soit devenu impraticable, on pourra y remédier en employant le procédé de Baudens. Nous avons déjà vu que ce procédé consiste à pratiquer, sur le point opposé à la courbure, une incision plus ou moins profonde destinée, après cicatrisation, à annihiler les mauvais effets de la cicatrice accidentelle. Malheureusement, ce but ne sera pas toujours atteint d'emblée; on sera même quelquefois obligé à de nombreux tâtonnements pour arriver à un résultat incomplet. Comme en outre nous ne jugeons pas cette opération absolument inoffensive, nous ne nous déciderions, pour notre part, à la pratiquer que sur les instances du malade.

RESUME.

Nous avons désigné sous le nom de *rupture de la verge* la solution de continuité accidentelle du *fascia penis*, accompagnée de la désagrégation des mailles du *tissu caverneux*. C'est à tort que certains auteurs ont employé le mot *fracture* pour caractériser cette lésion; on doit réserver ce terme aux cas exceptionnels où il existe un os dans l'épaisseur du pénis.

La rupture ne pourra se produire que si la verge se trouve en état d'érection complète; c'est surtout à l'occasion du coït que cette lésion prend naissance.

On devra la soupçonner, dès le début des accidents, si le blessé déclare avoir perçu un craquement sec dans l'intérieur de l'organe. On sera en droit d'affirmer son existence, dans la suite, si l'on constate une perte du substance des corps caverneux s'accompagnant d'une attitude vicieuse de la verge. Enfin, après la guérison, la présence d'une virole solide au niveau du point lésé, la persistance de la déformation du membre donnant parfois lieu à l'impotence fonctionnelle, fourniront des éléments plus que suffisants au diagnostic.

Cet accident est généralement assez bénin : mais, dans certaines circonstances, il présente une gravité exceptionnelle, soit par le fait des complications soit à cause des désordres locaux irrémédiables qui peuvent en être la conséquence. Ces considérations nous ont amené à établir plusieurs classes de ruptures.

Le traitement, tout puissant tant qu'il s'agira de prévenir les complications ou de combattre leurs funestes effets, ne sera guère apte à modifier la marche du traumatisme ; il sera tout à fait incertain dans ses résultats, lorsqu'il se proposera de remédier à une infirmité consécutive.

Paris. — A. PARENT, imp. de la Fac. de médec., A. DAVY, successeur, 52, rue Madame et rue M.-le-Prince, 14.

9 782329 119557